세상에서 제일 큰 집

© Leo Lionni

THE BIGGEST HOUSE IN THE WORLD

Random House INC. USA 1968

Translated by KIM Young-Mu

© Benedict Press, Waegwan, Korea 1979

세상에서 제일 큰 집

1979년 1월 초판 | 2007년 7월 14쇄

옮긴이 · 김영무 | 펴낸이 · 이형우

ⓒ **분도출판사**

등록 · 1962년 5월 7일 라15호

718-806 경북 칠곡군 왜관읍 왜관리 134의 1

왜관 본사 · 전화 054-970-2400 · 팩스 054-971-0179

서울 지사 · 전화 02-2266-3605 · 팩스 02-2271-3605

www.bundobook.co.kr

ISBN 89-419-7191-8 04840

값 5,000원

세상에서 제일 큰 집

레오 리오니 지음
김 영 무 옮김

분 도 출 판 사

달팽이 몇 마리가 신선한 양배추 위에 살고 있었습니다.
그들은 등 뒤에 집을 짊어지고 느릿느릿 잎사귀 위를 옮겨다니며
부드러운 배춧잎을 조금씩 갉아먹고 살았습니다.

어느 날 꼬마 달팽이가 아빠 달팽이에게 말했습니다.
"나는 어른이 되면 세상에서 제일 큰 집을 지을 테야."
"바보 같은 소리. 크면 나쁘고 작으면 좋은 것들이 있는 법이란다."
양배추 위에 있는 달팽이들 가운데 제일 똑똑한 아빠 달팽이가
다음과 같은 이야기를 아기 달팽이에게 들려 주었습니다.

옛날에 옛날에 너처럼 작은 꼬마 달팽이가 아빠에게
"나는 어른이 되면 세상에서 제일 큰 집을 지을 테야." 했더란다.
"크면 나쁘고 작으면 좋은 것들이 있는 법이란다. 집은 가볍고
등에 싣고 다니기 쉽게 지어야 된단다."고 아버지가 말씀해 주었지.

하지만 꼬마 달팽이는
아빠의 말씀을 듣지 않고
커다란 양배추 잎새 뒤에 숨어서
이리저리 몸을 비틀어 대더니
드디어 집을 크게 만드는 법을
알아 내었더란다.

꼬마 달팽이의 집은 자꾸자꾸 커졌고
이것을 본 달팽이들은 입을 모아 말했지.
"정말 네 집이 세상에서 제일 커지겠다."

꼬마는 이리저리 자꾸 몸을 비틀어 댔고
마침내 꼬마의 등에는 참외만큼 큰 집이 달리게 되었단다.

꼬마는 또 꼬리를 왼쪽, 오른쪽으로 재빨리 움직여
탑처럼 뾰족한 이층, 삼층 방들도 여러 개 만들었지.

그러고는 또다시
몸을 쥐어짜고 밀어 내고
곰곰히 생각한 끝에
멋진 무늬와 빛나는 색깔을
칠하는 법도 알아 냈단다.

이제 그의 집은 정말로
이 세상에서 제일 크고
또 제일 아름다운 집이 되었지.
꼬마는 자랑스럽고 행복했단다.

어느 날 수많은 나비들이 하늘을 날아가고 있었지.
그 가운데 한 마리가 소리를 질렀단다.
"야, 저 아래를 봐, 큰 성당이 있다!"
그랬더니 다른 나비는 "그건 성당이 아냐,
서커스단 천막이야!"라고 우기는 것이었지.
나비들은 저 아래 있는 게 달팽이 집일 것이라고는
짐작도 할 수 없었지.

또 멀리 떨어진 연못으로 이사를 가던 개구리 가족이
이 달팽이를 보고는 놀란 일이 있었지.
그들은 나중에 친척들에게 이렇게 이야기해 주었더란다.
"너희들은 그렇게 놀라운 모습을 본 일이 없을 거야!
얼굴은 그냥 꼬마 달팽인데 글쎄
생일 케이크 같은 집을 짊어지고 있지 않겠니."

이제 세월이 지나서
달팽이 가족이 살던 양배추에는
먹을 수 있는 잎은 다 없어지고
아주 뻣뻣하고 질긴 이파리만 남았더란다.
그래서 그들은 이사를 가기로 했지.
그러나 이를 어쩌면 좋겠니,
꼬마 달팽이는 움직일 수가 없었단다.
집이 너무 무겁고 컸으니 말이다.

혼자 남게 된 꼬마 달팽이는 먹을 것이 없어서
하루하루 여위어 갔단다.
이제 남은 것이라곤 집밖에 없었지만
그 크고 아름답던 집마저 하루하루 낡아서 무너지기 시작했고
마침내는 모든 게 다 없어지게 되었더란다.

아빠 달팽이의 이야기를 다 듣고 난 꼬마의 눈에는
눈물이 글썽거리고 있었습니다.

꼬마는 자기 등에 달린 작은 집을 생각하고는
속으로 중얼거리는 것이었습니다.
"나는 이 작은 집을 간직해야지. 그러면 어른이 된 뒤에도
가고 싶은 데는 어디든지 다 갈 수 있을 테니까."

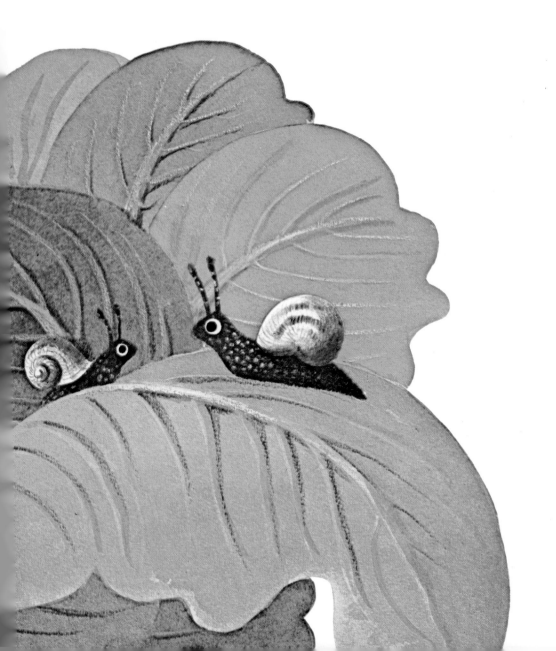

그리고 햇빛 밝은 어느 날 그는 가뿐한 몸으로
기분좋게 세상 구경을 하러 길을 떠났습니다.
산들바람에 한들한들 춤을 추는 나뭇잎도 있었고
땅바닥에 무겁게 퍼져 있는 잎새들도 있었습니다.
검은 흙덩이가 갈라진 틈 사이에는 맑은 수정들이
아침 햇살 속에 반짝이기도 했습니다.
물방울 무늬의 버섯들도 있었고 높이 솟은 줄기에 달린
작은 꽃들은 손짓을 하는 것 같았습니다.
고사리 우거진 그늘 밑에는 솔방울도 보였고,
비둘기알처럼 매끈하고 둥근 자갈들이
모래 속에 살짝 파묻혀 있기도 했습니다.
바위에는 이끼가, 나무에는 껍질이 매달려 있었습니다.
예쁜 새싹들은 아침 이슬을 맞아 달콤하고 시원했습니다.
꼬마 달팽이는 정말 행복했습니다.

29

봄, 가을, 여름이 왔다간 가고 세월은 흘러갔지만
꼬마 달팽이는 아빠 달팽이의 이야기를 결코 잊지 않았습니다.
"너의 집은 왜 그렇게 작으냐?"고 누가 물으면 그는
세상에서 제일 큰 집 이야기를 들려 주는 것이었습니다.

Leo Lionni

The Biggest House in the World

5 Some snails lived on a juicy cabbage. They moved
gently around, carrying their houses from leaf to leaf,
in search of a tender spot to nibble on.
6 One day a little snail said to his father,
"When I grow up
I want to have the biggest house in the world."
"That is silly," said his father,
who happened to be the wisest snail on the cabbage.
"Some things are better small."
And he told this story.

7 *Once upon a time, a little snail, just like you,*
said to his father, "When I grow up
I want to have the biggest house in the world."
"Some things are better small," said his father.
"Keep your house light and easy to carry."
9 *But the little snail would not listen, and*
hidden in the shade of a large cabbage leaf,
he twisted and twitched,   this way and that,
until he discovered how to make his house grow.
10 *It grew and grew, and the snails on the cabbage said,*
"You surely have the biggest house in the world."
12 *The little snail kept on twisting and twitching*
until his house was as big as a melon.
15 *Then, by moving his tail swiftly from left to right,*
he learned to grow large pointed bulges.

17 *And by squeezing and pushing,*
and by wishing very hard,
he was able to add bright colors
and beautiful designs.
Now he knew that his was the biggest and the
most beautiful house in the whole world.
He was proud and happy.

18 *A swarm of butterflies flew overhead.*
"Look!" one of them said. "A cathedral!"
"No," said another, "it's a circus!"
They never guessed that what they were looking at
was the house of a snail.

21 *And a family of frogs,*
on their way to a distant pond, stopped in awe.
"Never," they later told some cousins, "never
have you seen such an amazing sight. An ordinary
little snail with a house like a birthday cake."

23 *One day after they had eaten all the leaves*
and only a few knobby stems were left,
the snails moved to another cabbage.
But the little snail, alas, couldn't move.
His house was much too heavy.

25 *He was left behind,*
and with nothing to eat he slowly faded away.
Nothing remained but the house.
And that too, little by little, crumbled,
until nothing remained at all.

26 That was the end of the story.
The little snail was almost in tears.
27 But then he remembered his own house.
"I shall keep it small," he thought,
"and when I grow up I shall go wherever I please."
28 And so one day, light and joyous,
he went on to see the world.
Some leaves fluttered lightly in the breeze,
and others hung heavily to the ground.
Where the dark earth had split,
crystals glittered in the early sun.
There were polka-dotted mushrooms, and towery
stems from which little flowers seemed to wave.
There was a pinecone lying in the lacy shade of ferns,
and pebbles in a nest of sand, smooth and round
like the eggs of the turtledove. Lichen clung
to the rocks and bark to the trees. The tender buds
were sweet and cool with morning dew.
The little snail was very happy.
32 The seasons came and went, but the snail
never forgot the story his father had told him.
And when someone asked,
"How come you have such a small house?"
he would tell the story of
the biggest house in the world.